© Del texto e ilustraciones: Javier Vázquez, 1995
© De esta edición: Grupo Anaya, S. A., 1995
Juan Ignacio Luca de Tena, 15. 28027 Madrid

1.ª edición, octubre 1995

Diseño: Taller Universo
ISBN: 84-207-6702-6
Depósito legal: M. 30.394/1995
Impreso en ORYMU, S. A.
Ruiz de Alda, 1
Polígono de la Estación
Pinto (Madrid)
Impreso en España - Printed in Spain

Reservados todos los derechos. De conformidad con lo dispuesto en el artículo 534-bis del Código Penal vigente, podrán ser castigados con penas de multa y privación de libertad quienes reprodujeren o plagiaren, en todo o en parte, una obra literaria, artística o científica fijada en cualquier tipo de soporte, sin la preceptiva autorización.

EL DUENDE VERDE

Javier Vázquez

¡QUÉ MALA CARA TIENES!

Ilustraciones del autor

QUERIDO LECTOR

Ésta es la historia de Albertito, que era muy blanco, tirando a amarillo. La oscuridad le daba miedo. No podía ver nada oscuro sin temblar: no sabemos si tenía un problema en la vista, o qué. Y todo lo arreglaba llamando a su mamá.

Pero un día su mamá se rompe una pierna y lo manda a la calle a comprar yogures. Y Albertito no para de hacer el tonto de setenta maneras hasta que le cae un cubo en la cabeza.

Entonces, como si le hubiera caído un casco interplanetario, empezará su viaje. Un viaje a un planeta donde mucha gente tiene miedo: el planeta Tierra.

En fin, todos tenemos miedo alguna vez, pero lo de Albertito era algo exagerado.

Y si todo el mundo tuviera tanto miedo a la oscuridad como Albertito, el planeta Tierra sería un manicomio.

Un manicomio donde a cualquiera, en cualquier momento, nos puede caer un cubo de color en la cabeza, y convertirnos en otro diferente.

Por eso, el color que tenemos ahora no es tan importante.

Había una vez
una ciudad blanca.
Tan blanca
como una gallina blanca,
tan blanca
que casi dolían los ojos al mirarla.
 La fábrica de pinturas blancas
del lugar
era un negocio redondo.
Fabricaba solamente
pinturas blancas,
de tipos diversos, pero blancas.

En esa ciudad vivía
un niño blanco,
un poco amarillento, pero blanco.
Como un huevo
en un anuncio de detergente.
  Toda su familia era así,
un poco amarillenta,
porque brillaban,
de lo blancos que eran.

   Tenía miedo de la oscuridad
y de las cosas oscuras.
De noche,
o cuando veía alguna cosa oscura,
se ponía de color verde
y tenía un ataque de nervios.
Llorando y temblando,
llamaba a su mamá.

Del miedo que tenía,
casi no podía salir de casa.
Su padre le llevaba al colegio
con unas gafas blancas
para verlo todo blanco.

En su casa
todo estaba pintado de blanco,
todos vestían ropas blancas
y sólo podían comer yogures.
 Si el niño veía, por ejemplo,
un pastel de chocolate,
tenía un ataque de nervios.

Un día de invierno
en que había nevado,
su madre resbaló
en la escalera de su casa
y se rompió una pierna.
El médico le puso
una escayola muy blanca
y le dijo que no podría andar
en tres semanas, por lo menos.

ALERTA ROJA
PI PU PI PU
¡Seguridad! ¡Seguridad!
¡LAURA! ¡LAURA! ¿ESTÁS BIEN?
GLLL

17

Llamaron al padre del niño,
que trabajaba en la fábrica
de pinturas blancas
como técnico blanqueante.
Pero no podía salir,
porque en el depósito
de pintura blanca
había caído una cucaracha.
Era una tragedia:
había que sacarla
costara lo que costase.
Así que el niño blanco
tuvo que ir, él solo,
a comprar yogures
para la comida.

18

   Ese día, la tragedia había querido
cebarse con el niño blanco.
Al caerse en la escalera,
su madre había aplastado
las gafas de verlo-todo-blanco.
Así que el niño blanco
tuvo que echarse a la calle
armado de valor tan sólo.

Aunque era peligroso,
caminaba con los ojos cerrados
para no encontrarse
con ninguna cosa oscura.
 Ahora no podía llamar a su mamá.
Ella le había dejado muy claro
que no volviera sin los yogures.
 —Me parece muy bien
que tengas miedo a la oscuridad,
pero, Albertito,
con la comida no se juega.
Trae los yogures
y, si ves algo oscuro y tenebroso,
pues te aguantas.
 Porque el niño blanco,
cuando se llamaba de alguna manera,
se llamaba Albertito,
como su padre,
don Alberto-do-Blanco.

La verdad, con los ojos cerrados
no veía nada, ni claro ni oscuro.
A ver cómo encontraba la tienda
de yogures sin que lo pillara un coche.
Decidió abrirlos un poco,
una rendija nada más,
y ver, por lo menos,
en qué calle estaba.

En ese momento,
ante su vista, cruzaron
(por este orden):
a) una cucaracha,
parienta de la que vivía
en la fábrica de pinturas,
cabizbaja,
muy preocupada
por el accidente
de su prima Laura;

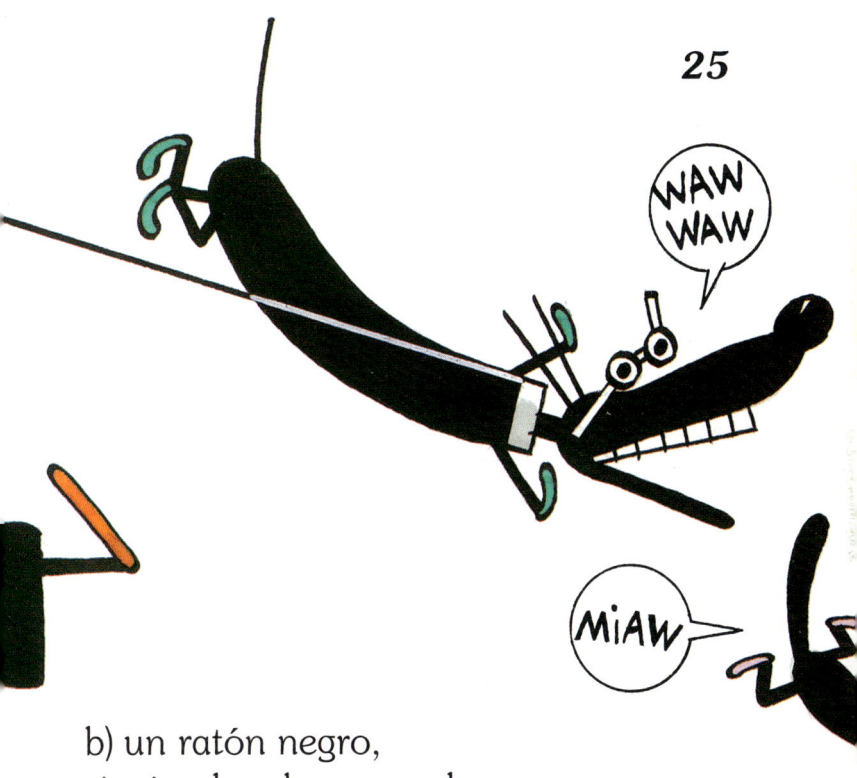

b) un ratón negro,
siguiendo a la cucaracha negra;
c) un gato negro,
persiguiendo al ratón negro;
d) un señor negro,
con un perro negro
atado con una correa negra;
e) un coche negro;
f) un camión negro;
g) una nube negra, que nubló el sol;
h) un eclipse;
i) la marea negra.

   Al verlo todo negro,
se asustó tanto
que tuvo otro ataque de nervios.
   Después se puso verde
y echó a correr,
tapándose los ojos con las manos.
Cruzó siete calles pequeñas
y provocó
siete atascos de tráfico grandes
y siete pequeños.

Mientras tanto,
encaramado a una escalera,
el «signore» Fetuccini,
el tendero que vendía los yogures
más frescos del mundo entero,
repintaba su letrero
y cantaba canciones napolitanas.
Aunque el «signore» Fetuccini
y su señora
eran de Alicante,
todo aquello quedaba exótico
y daba color a la tienda.

    Cuando el «signore» Fetuccini
repintaba la segunda «C»
de FETUCCINI,
apareció el niño con la cara verde
corriendo a toda velocidad.
    Y, ¡zas!,
volaron por los aires
el tendero,
la escalera,
y la lata de pintura negra.

El tendero cayó encima
de una lata de albóndigas.
La escalera,
encima de la señora Fetuccini,
que se había asomado
para ver lo que pasaba.

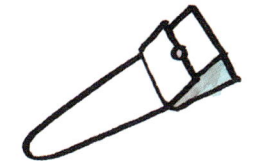

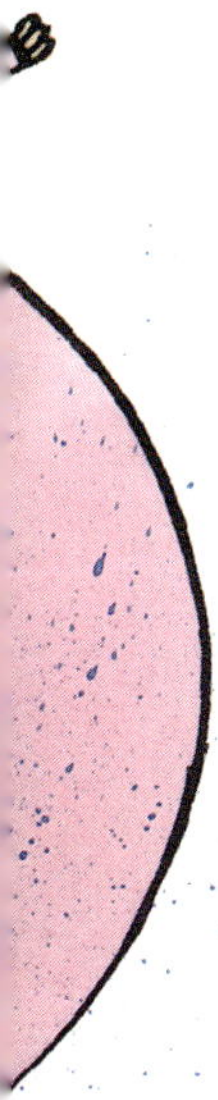

El bote de pintura
fue a encajarse
como un sombrero de copa
siete tallas más grande
en la cabeza del niño,
que siguió corriendo
hasta que chocó
contra una señora,
varias tallas más gorda
y varias calles más arriba.

Y cuando la señora
estaba diciendo:
«¡Gamberro! ¡Mira por dónde vas!
¡Y quítate esa lata de la cabeza
cuando hables
con una persona mayor!»,
el niño, aunque no podía oírla,
se sacó la lata de la cabeza,
porque no podía respirar
y además le había entrado hipo.
La señora
se puso de color verde,
pegó un grito
y echó a correr.

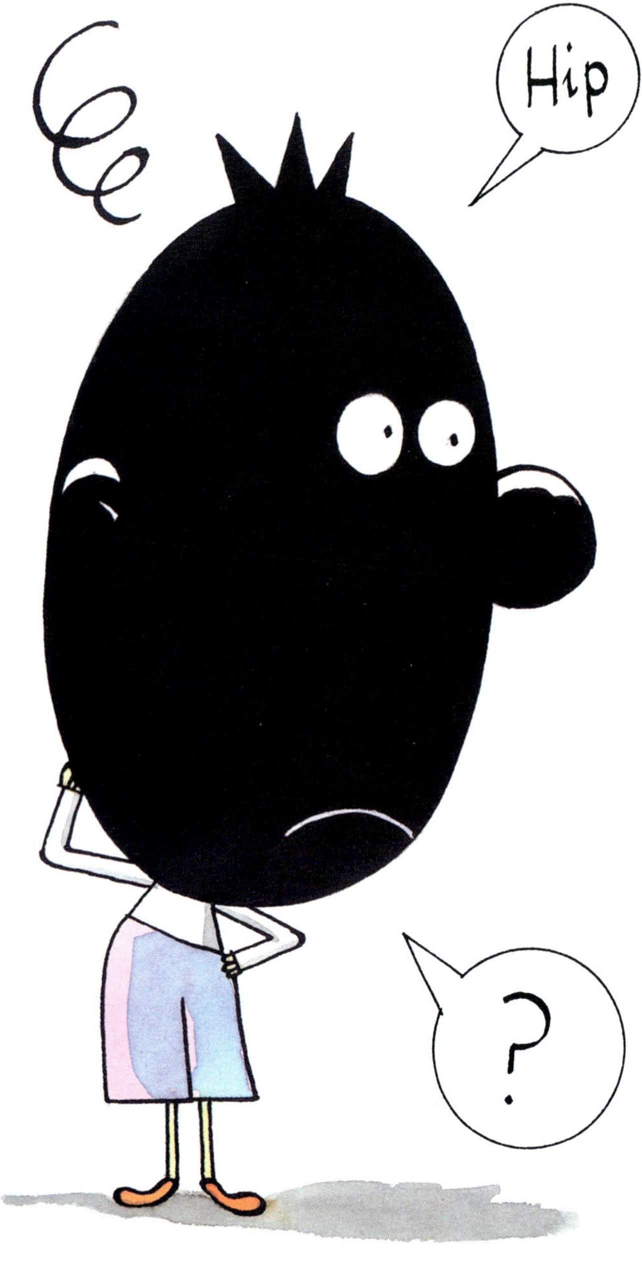
Hip
?

—¡Qué señora más rara!
¿Por qué se ha puesto verde?
¿Por qué grita tanto?
Y ¿por qué corre? ¡Hip!
—dijo el niño,
que-ya-no-sabía-de-qué-color-era—.
¿Y por qué tendría yo
un cubo en la cabeza?
Qué extraño.
 (Pero lo más extraño era
que no se acordaba
del miedo que había pasado.)

Había salido a comprar yogures.
No recordaba nada más.
Tampoco sabía en qué calle estaba.
Pero ¿por qué llevaba
un cubo en la cabeza?
Qué cosa tan tonta,
igual que ponerse verde
y echar a correr.
 Bien.
 Comprar yogures.
 Allá vamos.
 ¿Dónde habrá una tienda?
Tiene que haber una tienda
en alguna parte.

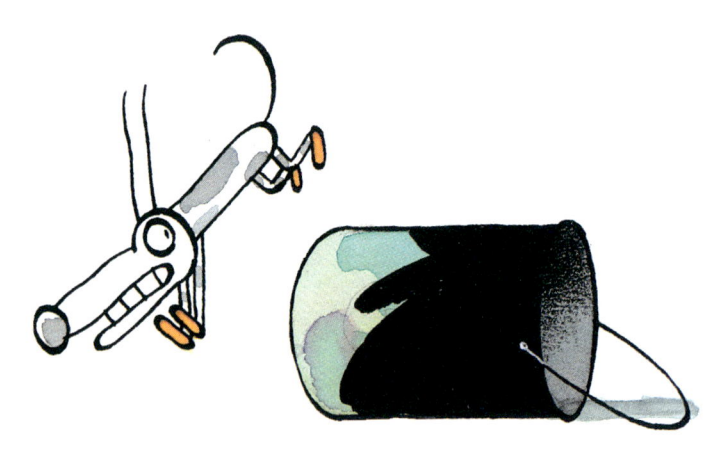

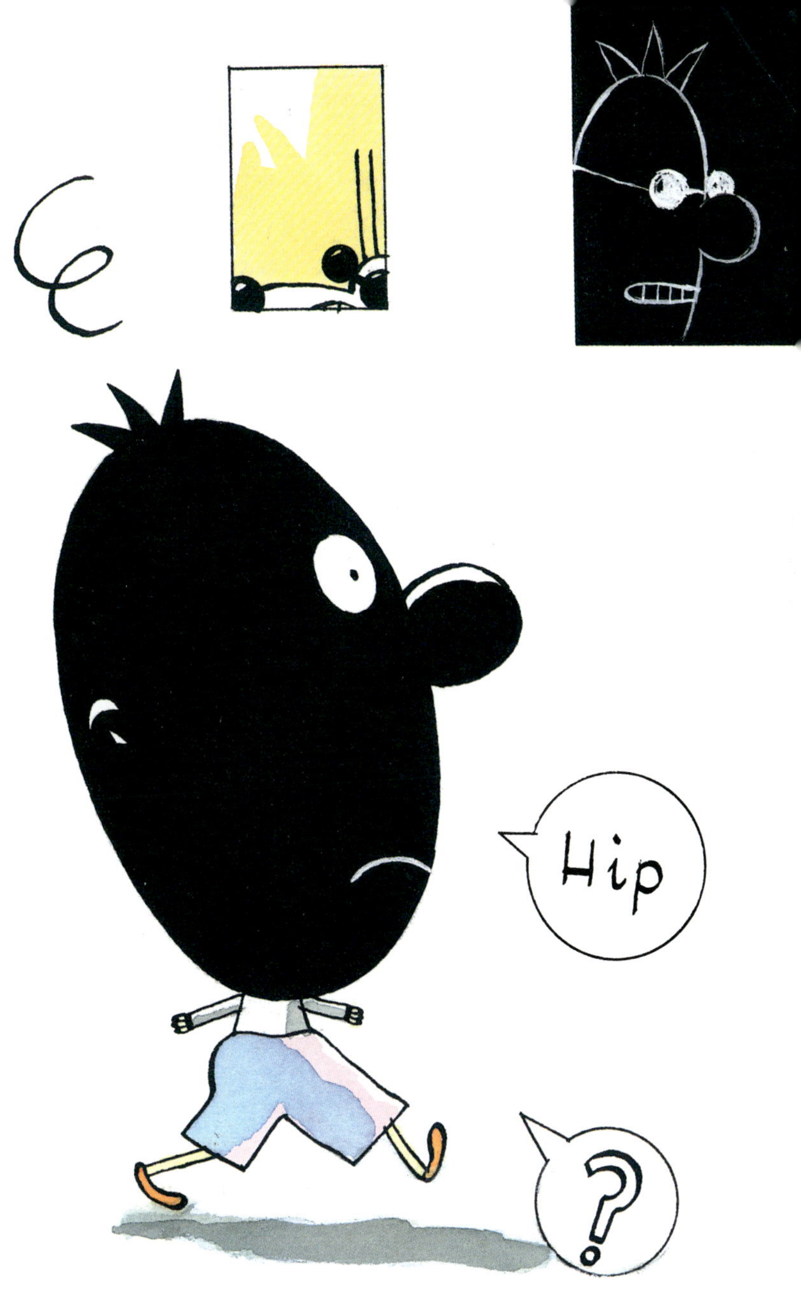
Hip
?

Tenía que preguntar la hora que era
y antes tenía que preguntar
a qué hora cerraban las tiendas,
y, además,
en dónde había una tienda.

Eso lo primero,
lo otro lo segundo
y lo de más allá lo tercero.
O al revés.
La verdad es que daba igual,
mientras pudiera encontrar
a alguien
a quien preguntar.

La gente
se portaba
de una forma
muy extraña:
todos salían corriendo
cuando se acercaba
el niño
blanco-que-ya-no-era-blanco.

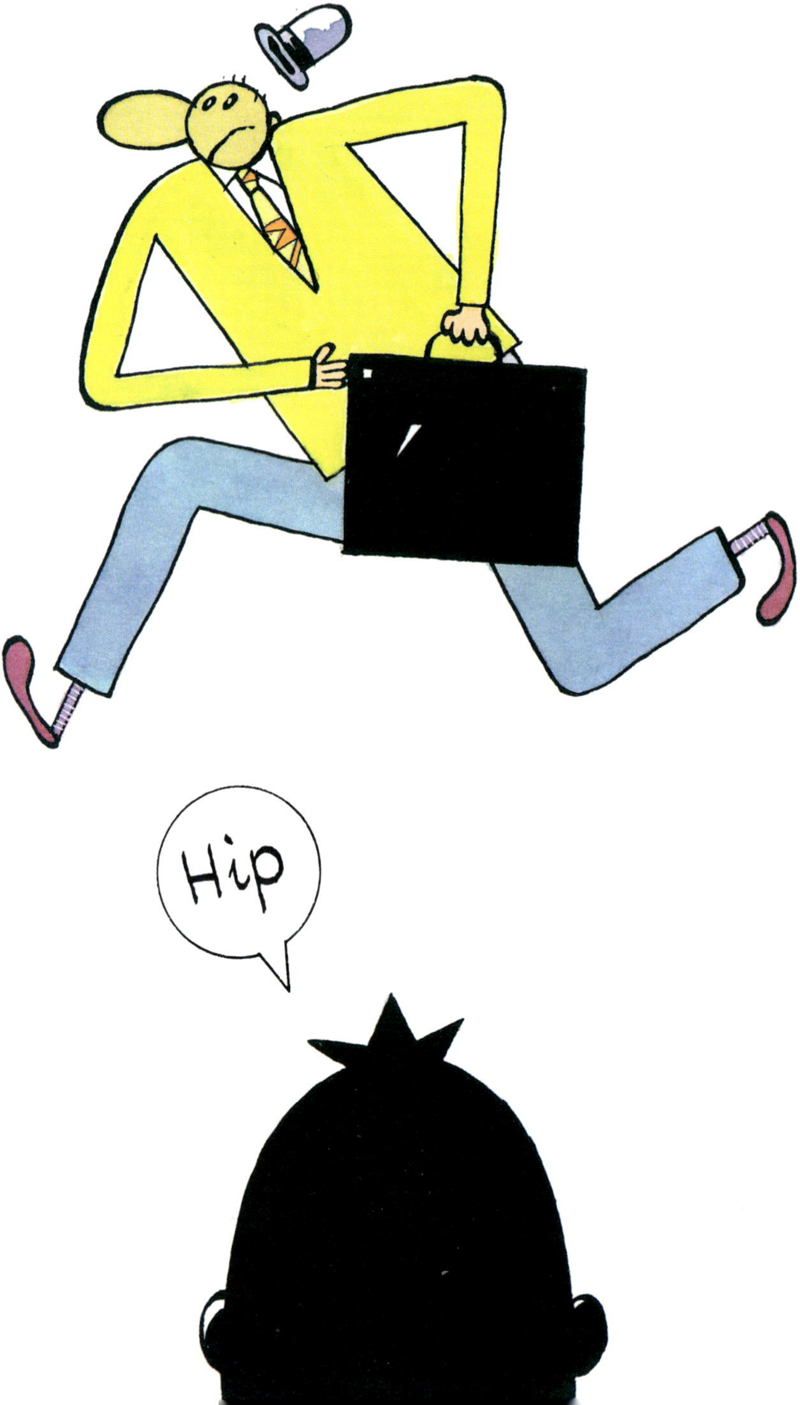
Hip

Por lo menos no se ponían verdes,
como la señora gorda.
¿No? Allí había uno
que se estaba poniendo verde.
Y otro.
Lo mismo había caído en Marte.
No se acordaba del viaje espacial,
pero eso explicaría
lo del cubo en la cabeza,
que en realidad
sería un casco interplanetario.
Aquello estaba lleno de marcianos.
¿Tiene hora?
Allí nadie tenía hora. A lo mejor
ni siquiera hablaban en su idioma.

O podía ser que él fuera
el marciano.
Un marciano que acabara
de llegar a la Tierra
para comprar yogures,
que es lo único
que comen los marcianos.
Tienen que comprarlos
en otro planeta,
porque en Marte no hay lecherías.
A ver, señora,
¿dónde hay una tienda de yogures?
Conteste, o invadimos la Tierra.

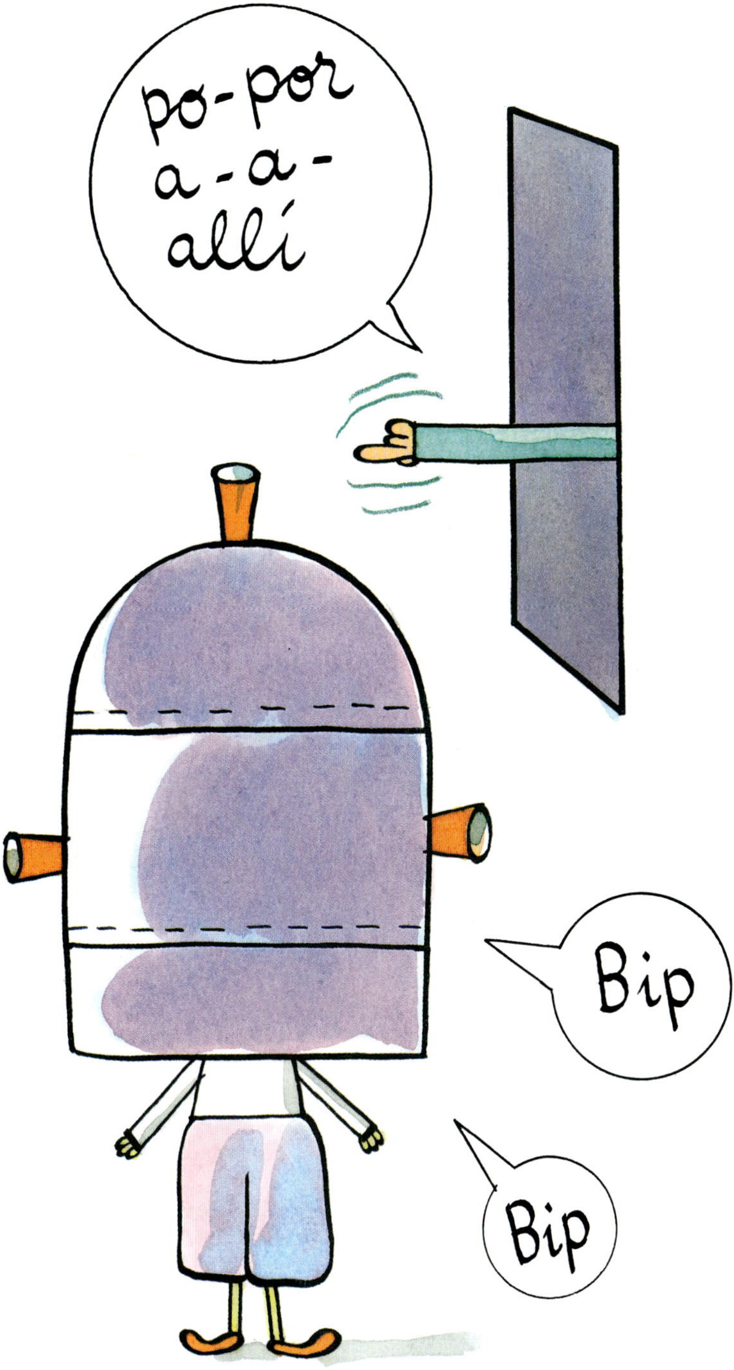
po-por
a-a-
allí
Bip
Bip

Qué simpática.
Un poco tartamuda, pero simpática.
Sí, señor, allí estaba la lechería,
justo donde decía la señora.
Buenas. ¿Tiene yogures de colores?
¡Pero bueno!
¿Y a éstos qué les pasa?
¿Tendré que llamar a Marte y decirles
que nos hemos quedado sin yogures?

TOC TOC
TOC TOC
TOC
LECHERÍA
NO NOS QUEDAN YOGURES
TOC TOC
TOC TOC
LO HEMOS VENDIDO TODO

50

   No hay quien entienda a esta gente.
Se asustan,
les dan ataques,
se ponen verdes,
echan a correr
y se esconden.
No hay forma de hablar con ellos,
ni de comprarles yogures.
Sólo faltaba
que le tiraran cosas.
Desde luego,
aquél no era su día.

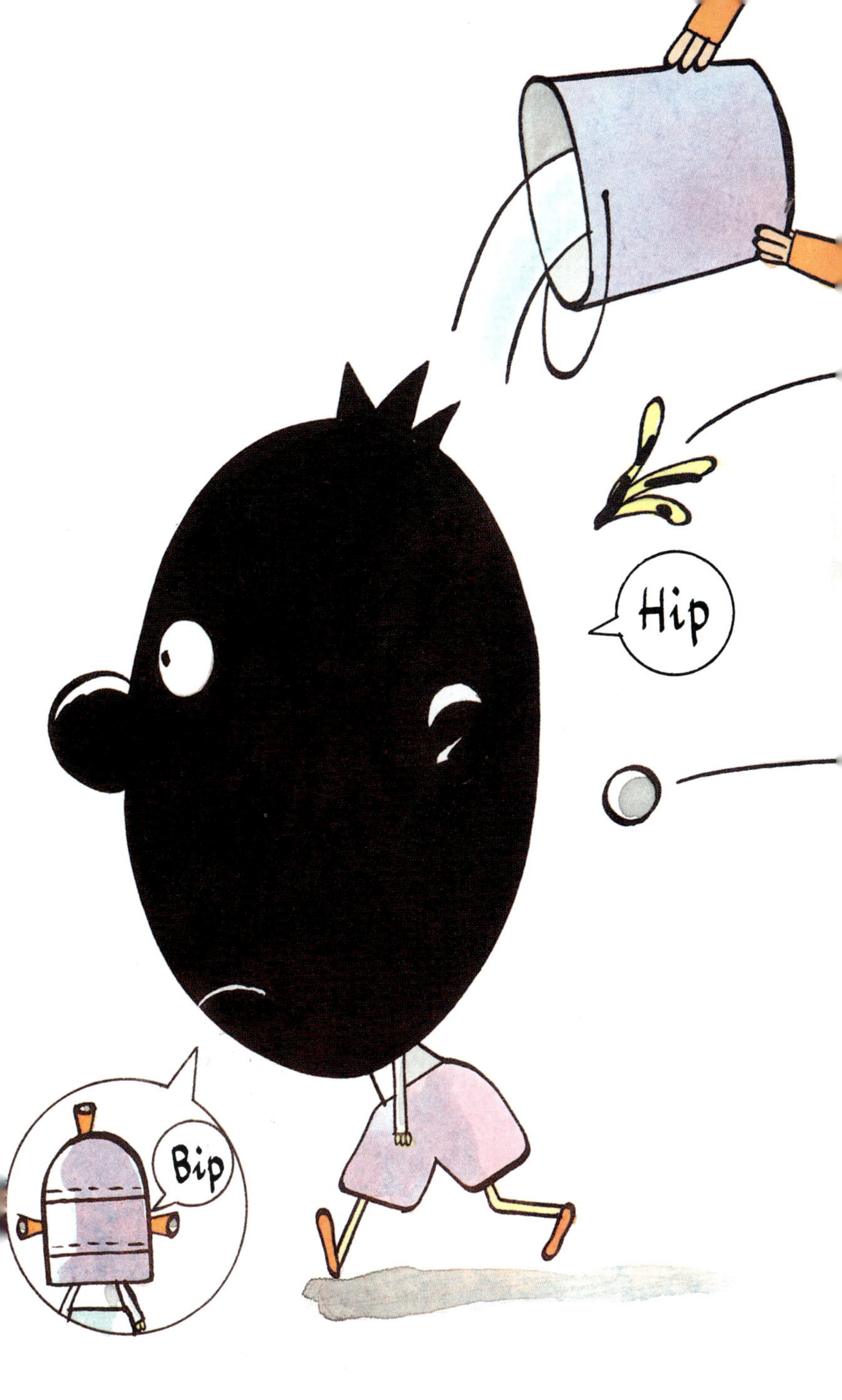
Hip
Bip

Pero no todo puede salir mal,
y para demostrarlo
allí estaba la pastelería
de Papá Wamba Chocolate.
¡Bueno!
No había podido comprar yogures,
pero ¿qué tal una tarta para cenar?
Ya estaba harto de yogures.
Se acabaron los yogures.
Ya era hora de cambiar.
Era la hora del chocolate.

Hip

PASTE LERIA

DE CHOCOLATE

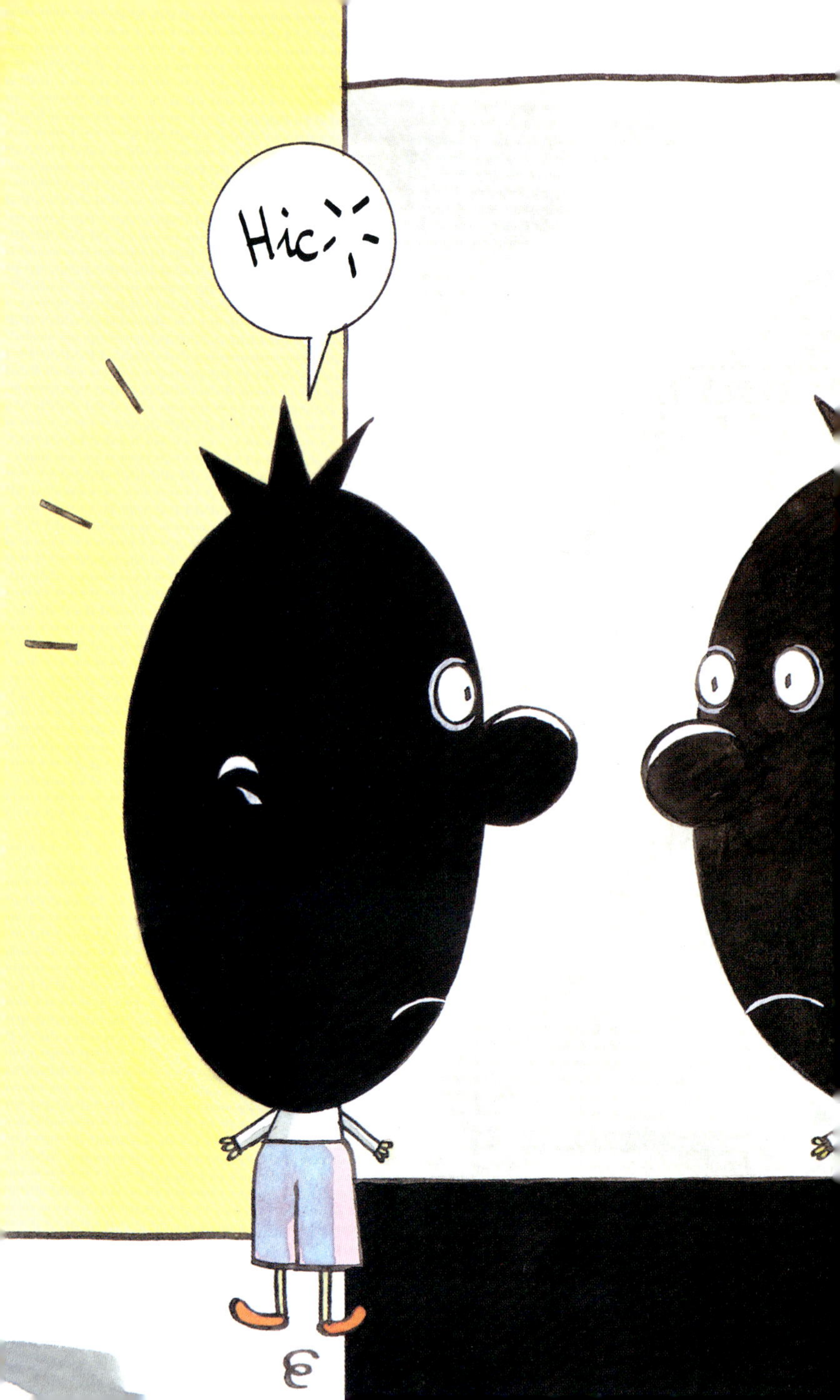
Hic

Al acercarse,
se vio reflejado en el escaparate.
Tuvo un susto, pero pequeño.
Sólo le quitó el hipo.
Vaya.
Así que ahora era de color negro.
Pues tampoco era una cosa
como para caerse de espaldas.
Toda aquella gente tan asustada
y de color verde
¿no parecían
mucho más marcianos que él?
A ver quién era más marciano
en aquel planeta.

56

En la pastelería estaban
Papá Wamba, su perro, su gato,
su ratón y su cucaracha.
—¿Adónde vas, pintado de negro?
—le dijo Papá Wamba—.
Ésta es una pastelería seria.
¿Vienes a reírte de mí?
—Qué va, es que me cayó
una lata en la cabeza.
Es una larga historia.
Me llamo Alberto y mi madre
me mandó a comprar yogures.
Pero yo quiero comprar
un pastel de chocolate,
el más grande que tenga.
Nunca he comido
pastel de chocolate.

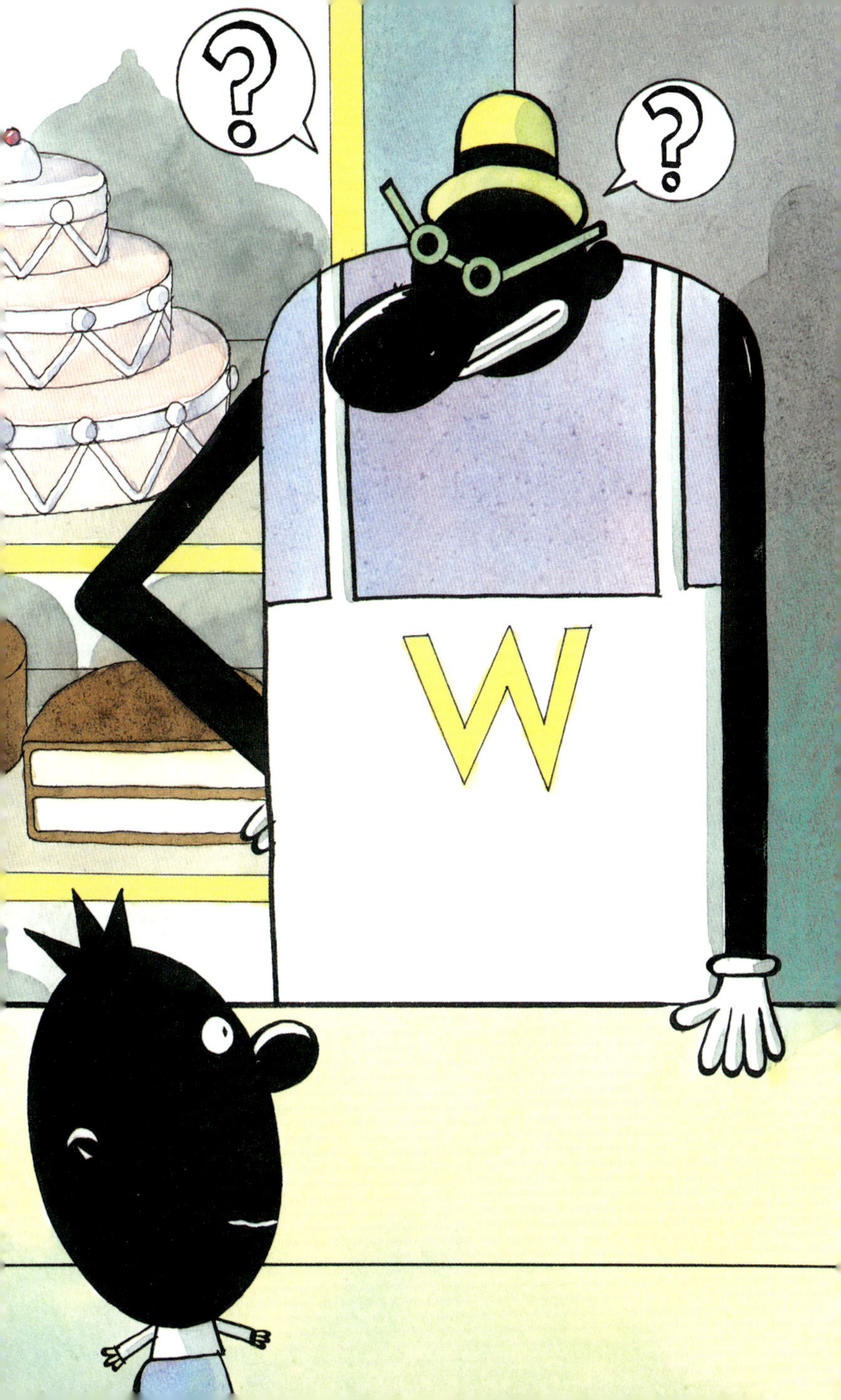
?
?
W

—¡En la pastelería de Papá Wamba
la especialidad es
el chocolatemonstruo!
Pero ahora no me queda ninguno.
Si te esperas,
prepararé uno en un segundo.
   Papá Wamba
se puso a preparar
el pastel más grande y monstruoso
que Alberto había visto en su vida.
Aunque, la verdad,
nunca había visto ninguno
sin tener un ataque de nervios.

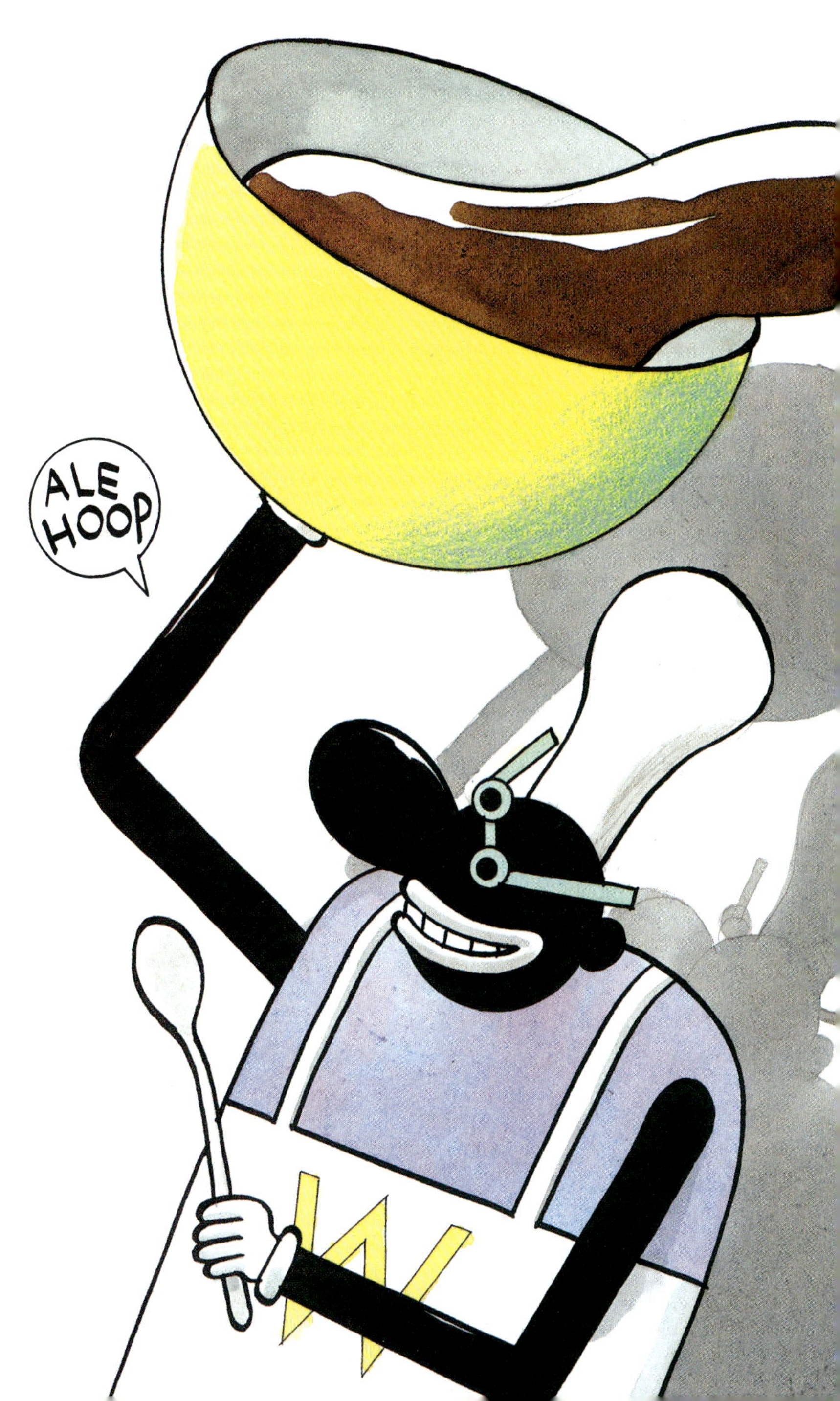
ALE HOOP

Papá Wamba le contó
la historia de su país,
que era muy pobre.
Allí él era el mejor pastelero,
pero no ganaba lo suficiente
para vivir.
Su mujer vive allí todavía.
Él manda una carta cada día,
dinero para que ella pueda venir
a vivir con él
y pasteles para comer.

Alberto le contó la historia
del bote de pintura
y lo que había pasado con la gente.
A Papá Wamba no le extrañó nada,
desgraciadamente.

—Cuando llegues a casa,
acuérdate de lavarte la cara.

—No sé, no sé —dijo Alberto—:
este color no está tan mal,
¿no te parece?

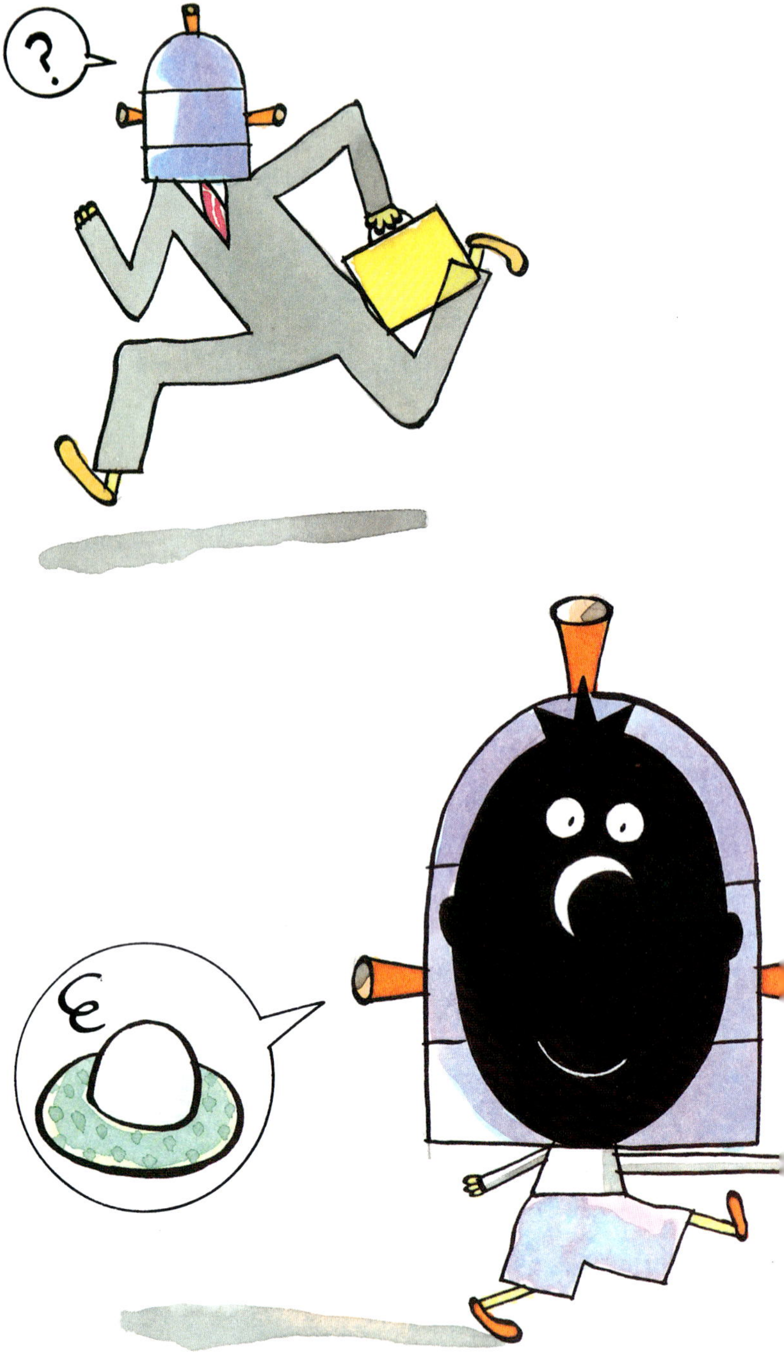